EDRYCH, RHYS BACH!

MARTIN WADDELL

Addasiad
GORDON JONES

Darluniau gan
JANE JOHNSON

GOMER CBAC
GW 2681427 7

I Darrell – J.J.
I Sally Doran – M.W.

Argraffiad Cymraeg cyntaf: 2004

Cyhoeddwyd gyntaf ym Mhrydain yn 1990
gan Simon & Schuster Young Books

Cyhoeddwyd dan nawdd Cynllun Cyhoeddiadau Cyd-bwyllgor Addysg Cymru.

Mae Uned Iaith Genedlaethol Cymru yn rhan o WJEC CBAC Limited,
elusen gofrestredig a chwmni a gyfyngir gan warant ac a reolir gan awdurdodau unedol Cymru.

ISBN: 1 84323 314 2

Bob dydd Iau byddai Rhys yn mynd i dŷ Nain i gael ei de.

"Pwy ydy hwn?" meddai Rhys.

"Fy Rhys i ydy hwnna," meddai Nain.

"Fi ydy dy Rys di," meddai Rhys, am mai dyna pwy oedd o.

"Fy Rhys arall i ydy o," meddai Nain.

"Rhys arall?" meddai Rhys.

"Tad dy dad," meddai Nain.

"Do'n i ddim yn gwybod fod gan Dad dad," meddai Rhys.

"Oedd, roedd ganddo fo un," meddai Nain.

"Edrych, dyma fy llyfr lluniau. Dyna fo Rhys," meddai Nain.
"Babi ydy hwnna!" meddai Rhys.

"Babi oedd o, i ddechrau," meddai Nain.
"Dyna'i fam a'i dad."
"Maen nhw'n edrych yn od," meddai Rhys.

"Dyna fy Rhys i eto," meddai Nain.
"Nid babi ydy o'n fan'na," meddai Rhys.
"Mae o'n fachgen mawr fel ti," meddai Nain.
"Dw i'n fwy na fo," meddai Rhys.

"Edrych arno fo rŵan!" meddai Nain.

"Am bengliniau rhyfedd!" meddai Rhys.

"Roedd o'n gwisgo trowsus byr," meddai Nain.

"Trowsus hir sy gen i," meddai Rhys, gan eu dangos nhw iddi.

"Wel ie, yntê?" meddai Nain.

"Mae o wedi tyfu'n ddyn yn y llun yma," meddai Nain.
"Hwnna ydy o?" meddai Nain.
"Pwy wyt ti'n meddwl ydy hon?"

"Pwy ydy hi?" meddai Rhys.
"Fi!" meddai Nain.
"Nage," meddai Rhys. "Rwyt ti'n rhychau i gyd!"

"Dyma ni'n priodi," meddai Nain.

"Ble mae dy rychau di?" meddai Rhys.

"Doedd gen i ddim rhychau bryd hynny," meddai Nain.

"Dwyt ti ddim yn edrych yn iawn heb rychau!" meddai Rhys.

"Dyma Rhys yn y fyddin," meddai Nain.

"Ble mae o?" meddai Rhys.

"Y milwr 'na'n fan'na," meddai Nain.

"Wnaeth o ymladd yn y rhyfel."

"Pam?" meddai Rhys.

"Roedd 'na ryfel mawr," meddai Nain, "ac roedd llawer o bobl yn ymladd ynddo fo."

"Pwy wyt ti'n meddwl ydy hwn?" meddai Nain.
"Pwy ydy o?" meddai Rhys.
"Dy dad ydy hwnna! Dyna fo'n fabi efo Rhys ar y traeth. Dy dad oedd fy mabi bach i," meddai Nain.

"Pwy ydy hwnna?" meddai Rhys.

"Dy dad wedi tyfu ydy hwnna," meddai Nain. "A Rhys."

"Pam mae ffon ganddo fo?" meddai Rhys.

"Fe gafodd o'i frifo yn y rhyfel," meddai Nain.

"Dydy Dad ddim yn yr un yma," meddai Rhys.
"Ydy mae o!" meddai Nain. "Dyna fo!"
"Ble mae Rhys?" meddai Rhys.

"Roedd o'n gweithio'r diwrnod hwnnw," meddai Nain.
"Edrych ar dy het di!" meddai Rhys. "Ydy hi'n dal gen ti?"

"Dyma dy dad yn mynd i'r ysgol," meddai Nain.
"A dyna fo Rhys!" meddai Rhys.
"Rwyt ti'n iawn!" meddai Nain.

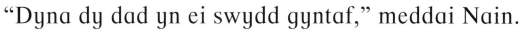

"Dyna dy dad yn ei swydd gyntaf," meddai Nain.
"Pwy ydy honna?" meddai Rhys.
"Rwyt ti'n gwybod pwy ydy honna!" meddai Nain.
"Na, dydw i ddim," meddai Rhys.

"Dy fam ydy hi," meddai Nain.

"Maen nhw'n edrych yn rhyfedd yn priodi," meddai Rhys.

"Fel 'na mae pawb yn edrych," meddai Nain.

"Ti ydy honna yn yr het?" meddai Rhys.

"Ie," meddai Nain.

"Pam mae Rhys yn y gadair od 'na?" meddai Rhys.

"Doedd ei goesau fo ddim yn gweithio'n iawn," meddai Nain.

"TŶ NI ydy hwnna!" gwaeddodd Rhys.
"A fi a dy fam a Rhys," meddai Nain.

"Ble mae Dad?" meddai Rhys.
"Yn cysgu'n hwyr dw i'n meddwl," meddai Nain.

"Ble ydw *i*?" meddai Rhys.
"Rwyt ti'n dod cyn bo hir," meddai Nain.

"Dyna fi!" meddai Rhys.
"Ie," meddai Nain.

"Ble mae Rhys?" meddai Rhys.
"Doedd Rhys ddim yno erbyn hynny,"
meddai Nain.

"Wnaeth o farw?" meddai Rhys.
"Do," meddai Nain.

"Dw i'n siŵr fod Dad yn drist," meddai Rhys.
"Roedd pawb yn drist," meddai Nain.
"Ond mae popeth yn iawn," meddai Rhys.
"Ydy, wrth gwrs," meddai Nain.

"Mae un Rhys gen ti o hyd," meddai Rhys.
"Na, mae gen i ddau Rys o hyd," meddai Nain.
"Ble mae'r llall?" meddai Rhys.
"Yn fy llyfr lluniau i," meddai Nain,
gan gau'r llyfr a'i osod yn ôl
ar y silff.